나는 이 거리의 문법을 모른다

나는 이 거리의 문법을 모른다

고운기 시집

창비시선
2 0 8

차 례

──────────────────────────── **제3부**

제1부

다리

내 고향에는 아주 오래된 무지개 모양의 다리가 있다. 어떤
스님 두 사람이 화강암을 깎아 만들었다는, 승복처럼 희미한
이야기가 전해오는.

희미해져도 새로운 것은 기억뿐, 꿈같이 남의 말같이
나는 다리를 찾아간다

다리를 건너가면 나는 어린 아이다
언제인 듯 마을의 형들이 나타나, 너 아직 남자 아니
다, 자기들끼리만
개울로 몰려간다
형들은, 미역감는 철이면 아이들을 다리로 데려가, 거
기서 한번 뛰어내려야 그 날부터 남자로 쳐주었었다
나도 한번은 다리에서 뛰어내려야 한다
푸르고 맑은 물 속으로 두려움을 이겨내고

다리 아래까지
밀물이 몰려오고 몰려나가곤 했었다

다리를 건너면 기차역으로 가는 신작로

남자들은, 세상의 남자들이 다 그랬기나 했던 것처럼
다리를 건너고
기차를 타고
서울로 갔다

아마도 검푸르고 깊은 바다가 있을 것이었다, 밀물은
전설이라도 되어
몇겹씩 뒤척이며
검고 푸른 소식을 전해주곤 했었다.

말 이야기

눈 내리는 밤
사박사박 눈길을 걸어 淸酒 한병 사오고, 그 술을 닮
은 나라의
기숙사에서 만난 선배는 홋까이도 이야기를 한다
거기 경주마 키우는 목장의 우리에서 여섯달 된 망아
지와
어미말을 처음 떼어놓는 날의

축사에 들어서면 가운데 통로가 있고, 양옆으로 한마
리씩 들어가는 우리가 나란하고, 어미와 한 우리에 살던
망아지를 처음 제 우리에 혼자 넣을 때는 우물쭈물해선
안된다
망아지 날뛰는 것 본 적 있어? 그거 아무도 못 말
려……, 선배는 목을 축이고
망아지가 제 우리 앞에 이르면 잽싸게 들여넣고 문을
쾅 닫는다. 훈련된 어미말은 주루주루 주인을 따라 가지
만, 돌연 혼자 된 망아지는 지쳐 잠들도록 울어쌓는데,
그렇다고 가여워해서도 안된다

아이들아, 이 아비도 그러고 떠나왔을까
아침이면 놀이방에 들여보낼 때
경주마도 아닌 나는 어찌 그다지 모질었을까

기숙사의 밤은 깊어가고, 눈은 내리고

이제 들판의 풀밭이 망아지의 어미, 경주장의 모래를
박차고 달릴 억센 다리를 키우는 대지,라고 나는 머리에
쓴다

잠시 온풍기 돌아가는 소리만
눈 섞인 청주 한모금 넘어가는 소리만.

무소의 뿔처럼 혼자서 졸아라

점심때 구내식당에 내려가면
밥을 받는 동안 아는 얼굴들이 자꾸만 눈짓을 한다
식판을 들고 어정쩡하게 끼여드는데
마침 반쯤 넘게 먹고 난 다음이면
대체로 선배인 그들과 보조를 맞추기 위해
나는 신병훈련소 식사 때보다 더 빨리 수저를 움직여
야 한다
제기랄, 속으로 짜증이 난다
혼자 먹게 내버려둘 수 없나
똥쌀 때 혼자인 것처럼

그러나 이율 배반이다
나는 무리의 자식일 뿐이었다
학교라는 조직에 들어 넥타이 매고 출근하고, 학회에
가입하고, 문단에 나가고, 동인을 만들고 게다가 없던
모임마저 새로 만드는 데 동참하고, 나는 거기서 먹이를
얻고 정체성을 확인한다 그러면서도 귀찮다니, 혼자인
게 좋다니, 떠드는 건 아무래도 얄팍한 뒤집기다

밥을 먹고 식당을 나오며 곰곰 생각한다
혼자라는 희망은 나에게 분명코 허위였다
큰 먹이는 여럿이 모아 얻어내고
그 가운데 조금 내 몫 챙겨 돌아서며 안도했었다

계단을 오르며
이미 구수하지 않은 밥 냄새를 뒤로 하며
나는 반성한다,
졸 때 혼자인 것처럼
죽을 때 혼자인 것처럼
혼자서
혼자서.

미스 개

신촌 기차역 앞에서 버스를 기다리자면
그야말로 옛날식 은파다방을 보며 떠오르는 기억
계수나무 계(桂)를 쓰는 대학 동기생 그 친구는
유난히 영어를 잘해 회화 시간마다 꽃이었는데
미국인 교수 그를 부를 때마다 "미스 개"
하여 꽃이 개가 되었는데
내 중학생 때,
등교길이면 우리 동네 마당 넓은 집 앞에는
늘 까만 자가용이 꼬리에 흰 연기를 뿜으며 대기중이고
더러 그 차를 타러 나오다 마주치는 단발머리가
나중 알고 보니 바로 그 미스 개였다는 사실
어떻게든 말 한번 붙여보려 노리던 시선 속에
내 초라한 눈도 끼여 있었음을 알았을랑가 몰라
세월은 하 수상한 시절, 새로 들어선 전두환한텐가 그
친척한텐가
잘 나가던 회사를 빼앗겼다 하고
마당 넓은 집 앞 까만 자가용도 사라지더니
그 친구 한 학년만 마치고 영국으로 떠났지

없는 사람 힘 없는 사람만 당하는 건 아니라고
시절은 우리에게 가르쳐주었네
미스 개의 충실한 부하였던 몇몇은
세모의 눈발 속에 이별을 아쉬워했지만
끝내 그 친구는 선한 눈빛을 잃지 않고
우리를 데려간 곳이 일산 홀트아동복지회 정박아 고
아원
환송회할 돈이면 하루 즐겁게 아이들과 놀 수 있다나
그래, 저기 은파다방에 모여 기차 타고 갔지
마음의 준비조차 없던 우리가 유쾌히 하루를 보내기
어려웠지만
돌아와 다시 은파다방 오래된 의자에 앉으면서
꽃이 개가 되는 세월 속에서도
개가 다시 꽃이 되는 상쾌한 순간을 만났었어.

모국어

학교 들어가 한글 겨우 깨쳤을 때, 한달에 한번 아버지에게 가는 어머니 편지 쓰는 일은 내 몫이 되었다.

천부적인 사투리의 여왕인 어머니가 불러주는 말들이 국어 교과서의 철자를 능멸하는 것이어서, 국민학교 일학년 실력이 감당하기 여간 곤혹스럽지 않았지만, 전쟁통에 혼자 된 어머니가 만난 아버지는 무슨 선물인 양 아이 하나 두고 멀리 떠난 다음, 곧이곧대로 받아쓴 사투리로 장식된 편지를 읽는 일이 한순간 즐거움이었단다.

무정한 아버지, 침 묻힌 힘으로 살아나는 연필심이 어머니 고단한 세월의 가시 같은 아픔으로 돌아서서 어린 손끝을 찌르곤 했던 걸 아시기나 했을랑가.

내가 만났던 첫 모국어.

소가 아니라도 웃을 일

시를 쓰되 위조지폐 그리듯 할 일
책으로 잘 위장해 서점에 내놓고 완벽하게 돈세탁할
일
술값도 갚고 쌀도 사고, 호주머니에 좀 남기기도 하고
위조범으로 잡히는 것쯤 두려워하지 않을 일

―걸레는 빨아도 걸레
시는 빨아도 시

手話를 하지 않는 수화 시간

이를테면 나는 늘 그런 식이다
밥을 먹으면서도 밥은 먹지 않고 밥 먹었다 하고
사랑을 하면서도 사랑은 하지 않고 사랑했다 하고
시를 쓰면서도 시는 쓰지 않고 시 썼다 한다

나는 늘 밥이나 사랑이나 시를
밥이나 사랑이나 시로 내 몸에 들이지 못한다

말도 모르는 남의 나라에 와서 벙어리요 귀머거리로
지낼 때였다
교육방송에서 하는 수화 시간이 내게 말 배우기 선생
이었다
천천히 바르게 발음해주고 자막까지 곁들여
읽기 듣기를 한꺼번에 가르치는 훌륭한 선생이었다
천만명이 산다는 도시에서도 만날 사람은 손꼽지 못
하고
아침부터 밤까지 말 한마디 듣지도 하지도 못하고 돌
아오는 날들이 많았다

적막한 숙소에서 텔레비전을 켜니 수화 시간을 하고
있었다
나는 벙어리요 귀머거리로 텔레비전 앞에 앉았다
아주 더듬더듬 말을 알아듣기 시작했다
아마도 말 배우기가 아니라 세상을 만나는 것 같았다

그런데 그것은 수화를 가르치는 시간이었다, 나는 수
화는 배우지 않고
수화를 가르치는 말만 배웠다

더러 화면 한쪽 달걀처럼 생긴 타원형의 공간을 조금
차지하고
수화로 세상 소식을 전하는 사람들을 본 적이 있다
나는 달걀 속으로 들어가지 못한다
이를테면 그런 식이다

헤어지고도 헤어지지 않고 헤어졌다 한다
잊고도 잊지 않고 잊었다 한다.

毒이 毒과 싸우는

아이가 벌레에 물리면
장모는 내게 담배를 피라 하신다
합법적으로 담배를 피울 기회, 나는 니코틴이 묻어 있
을 침을
아이의 벌레 물린 자국에 바른다
독을 독으로 물리치는 고소한 기회
그러나 내 침에는 독이 없다
담배라도 한대 피워야 독이 생기는
나는 그것이 슬펐던 경험을 한 적도 있다.

나무는 바람을 만들고

떡갈나무 가지가 흔들리네요, 세상의 가지들이 흔들려
지상에 바람 먼저 일으켰다는군요

나무는 바람을 만들고
바람은 나무와 나무가 전하는 안부

바람 속에는 가지 찢기운 소식도 있더군요
내 두 손으로 받아 읽다가 접어두면
가슴속 어디선가 맴돌며 구르는 잎의 소리

떡갈나무 가지가 흔들리는 날
더이상 흔들리는 것 아닌 흔드는 것.

약간의 오버

예부터 우리는 過猶不及에 너무 훈련받아 왔다
지나친 것은 나쁘다는 교시가 분명 너무 강했다
過恭非禮라 하면서 점잖게 살아야 한다고 했다
그런데 명색 한가락 한다는 사람들을 보라, 사실 지나
치면서도
언제나 과묵한 척 모자란 척 숨기고 있었다, 문제는
숨기는 것이다

「내 마음의 풍금」을 만든 이영재 감독은 석사과정 때
동급생이었는데, 극예술연구회 배우였던 그는 말이나
몸짓이 늘 오버 액션이었다, 연극에서 배운 습관이었으
리라, 입을 크게 벌리다 못해 입술마저 일그러지는 그러
면서 손짓에 발짓까지 섞어 말하는 그 앞에 있노라면 연
기를 보는 듯했다, 그런데 그것이 그의 전부였다
숨기는 게 없었다

오버 액션을 하는 사람은 정직하다
그 몸짓이 대개 그의 전부이다

마광수 교수도 지나쳤다, 그런데 그것이 그의 전부
이다
전부를 보여주는 사람 앞에서 나는 편안하다
술을 조금 지나치게 먹는 사람이나, 지나치게 먹고 조
금 지나치게 말이 많아지거나
지나치게 노래를 부르는 사람이나, 흥에 겨워 옆 사람
을 붙들고
춤을 추는 사람이나 그렇게 약간 오버하는 사람이
나는 좋다, 그런 오버에 대체로 거짓은 한자리하지 못
하므로

투명하다, 투명하다 못해
뒤통수를 맞거나 살근거리며 사람을 홀리는 데 넘어
가거나
그런데도 어느 곱디고운 손이 있어 뽀얗게 감싸준다는
옛 이야기 같은 사람을 나는 오래도 믿어왔다.

내 물고기 절에서 만난 사람

　두 스님 개울가에서 물고기 한마리씩 잡아먹고 내기
를 했다지요 한 스님 그냥 똥으로 나오는데 다른 한 스
님 먹었던 물고기 살아 나와 헤엄쳐 가더라나요 破顔大
笑, 저거 내 물고기야, 외쳐 거기 지은 절 이름 吾魚寺*
그 스님 천한 근본 노비의 자식으로 태어나 행실이 비범
해 면천받았지만 살다 간 승려 생활 시정을 떠나지 않았
답니다

　　옛날 이야기 한자리 펼치며 가는 곳
　　烏川에는 까마귀처럼 제철공장
　　검은 흙빛이 누워 있는데
　　고향 떠나 대구에서 사업하다 몸만 망쳤다는
　　중년의 사내는 서늘한 바람에 지고 있었다

　우리는 물고기를 잡아먹지만 더러 어떤 이는 물고기
의 물고기를 먹고, 우리의 입과 배와 창자는 물고기를
해체시키지만 더러 어떤 이는 입에서 배와 창자로 맑은
물살을 흘려보내, 거기 다시 살아 헤엄쳐가는 물고기의

한자락 꿈을 꾸지

사내여, 나 또한 부질없는 그림자 좇아 와서
이 절 어느 개울가에 똥이나 싸는구나
제철공장 마을 흙빛보다 더 검은 세상을 뿌리고
홀로 저무는 서러움 같은 것에 몸을 맡기기도 하는
구나

그런데 똥싸서 체면 구긴 스님?
글쎄 그게 원효라나.

　＊경북 영일에 있다.

산부인과 병실에서

아들을 낳은 여자가 저토록 의기양양해하는지
몰랐다, 고추 하나가
친정 쪽 식구들의 얼굴에 저토록 안도의 눈빛을 흐르
게 하는지
미처 몰랐다
두번째 자궁 수술을 받으러 온 여자와
빵 굽는 일을 한다는 김형만이
꽃도 선물 꾸러미도 없이 자리를 지키고 있었다
이틀째 되던 날 밤, 나 또한 비슷한 처지였기에
우리는 流産의 어둠속에 서로의 여자를 두고
함께 나가 길가 편의점 비치 파라솔에 앉아 캔맥주를
마셨는데
밤 공기에 움츠린 듯 사라지는 별똥별이
젖어 있던 그의 눈에도 들어왔을는지 모른다
그런데도 남아서 제자리인 듯 어디 가지 않는 별들이
우리들 하늘 위에 헬 수 없는 것을 생각했을는지 모른다
병실로 돌아가며 김형은 입양해야겠다고
술 힘이었을까

조금 어깨를 펴며 말했다
의기양양하지도 안도의 눈빛도 아닌
그래, 술기운을 빌린 것은 더욱 아닌
붙박여 있거나 떨어지거나 생명은 제 스스로 오고 그
리고 가고
우리는 끝내 지켜볼밖에 없다고 다짐했을는지 모른다.

사람 노릇이라는 명상

세브란스 병원 장례식장 입구에 붙어 있는
안내판 2번 칸을 지우고 있었다, 수위 복장을 한
관리인이 이제 모든 절차가 끝났음을, 살아 있는 날의 마감을
구체적으로 보여주었다
흰 국화로 장식된 화환이 실려 나온다,
며칠 사이에 줄기와 꽃이 시들어 있었다
그럴테지, 뿌리에서 잘려나와 알량하게 물 머금은 스펀지에 끼워져서
그만큼이라도 버텨준 게 다행이지

마음 상한 날들 동안은
결혼식장에 가기가 싫었다, 좋은 날
무거운 마음 한자락 얹어주기 미안했다
마음 상한 날들 동안은 장례식장에 가기도 싫었다
어두운 마음이 더 캄캄해지는 것 같아

그러면서도 오는 부고장마다 청첩장마다

챙겨 들었다, 그나마 사람 노릇 한다는 위안?

내가 아는 평론가요 문학교수인 어느 분은
집안 대소사조차 일체 가지 않았다고 한다
그 시간에 공부하고 글 쓰는 일이 더 긴요했다고 한다
집안의 백형이 모든 걸 대신해주었다고 하는데
결혼해서 아이마저 낳지 않았다고 한다

무릇 사람 노릇이란 무엇일까
말하자면 부고나 청첩이 아니다,
장례식장 안내판에서 내 이름이 지워지는 순간이다
어디서 잘라 왔는지
내 다리를 박고 있는 물먹은 스펀지가
시들지 않게 충분히 젖어 있느냐이다.

익숙해진다는 것

오래된 내 바지는 내 엉덩이를 잘 알고 있다
오래된 내 칫솔은 내 입 안을 잘 알고 있다
오래된 내 구두는 내 발가락을 잘 알고 있다
오래된 내 빗은 내 머리카락을 잘 알고 있다

오래된 귀가길은 내 발자국 소리를 잘 알고 있다
오래된 아내는 내 숨소리를 잘 알고 있다

그렇게 오래된 것들 속에 나는 나를 맡기고 산다

바지도 칫솔도 구두도 빗도 익숙해지다 바꾼다
발자국 소리도 숨소리도 익숙해지다 멈춘다

그렇게 바꾸고 멈추는 것들 속에 나는 나를 맡기고
산다.

제2부

출국

플라스틱 국자를 들고 네살배기 아이를
혼내준다고 겁주는 일도 당분간 하지 못할 것이다
밤 열두시 넘어 초인종을 누르며
마누하님 제발 문 좀 열어주세요, 기도하듯 빌던 일
도
당분간 하지 못할 것이다

조태일 시인 병문안 가서
선생님, 일년 후에 돌아와 또 찾아뵐게요
기약했으나 알 수 없는 그날처럼
기약 없는 이국땅 가랑비에 자주 젖을 것이다

누구, 좋아하는 사람?
누구, 죽이도록 미운 사람?
가슴에 담지 않으려 발버둥치던 시간이 마음속 길
어디론가 달려가 당분간 아스라해질 것이다

네살배기 아이가 자기 동생 한살배기한테

플라스틱 국자를 들고 혼내준다고, 내 흉내를 내고 있
었다.

 * 이 시를 쓴 날, 조 시인이 돌아가셨다는 소식을, 어느 후
 배가 전화로 알려왔다. 병원에서 뵙고 꼭 일주일 만이었
 다. 시인의 명복을 빈다.

저녁 비 내리는 교정

해도 빨리 자리를 거둔 이국의 낯선 교정
흐린 저녁은 비가 되고, 강의실 창문을 열면 한장 검
정 도화지처럼
내 가슴을 닮아 어두워오는데
학교가 먹은 나이와 같다는 교정 한가운데 은행나무
바람에 불려 소리칩니다, 놀러 나간 어린 나무들에게
이제 깜깜해졌다 집으로 들어오너라
바깥 풍경은 검정 도화지에 가려 보이지 않지만요,
나는
어린 나무가 되어 달려나갑니다, 가는 동안
머리에 어깨에 조금은 비를 맞지만요.

왜 나는 작은 일에만 애국하는가

金洙暎風으로

NHK 수금사원이 왔을 때의 일이다
한달에 2,500엔을 내라는 것도 입을 벌릴 일이지만
이미 들은 바 있어
나는 일본어를 모른다 하고, 그래서 NHK를
보지 않는다 하고
그러면 수금사원이 돌아간다고 해서 거기까지 준비했
는데
형편은 그렇지 않았다
이 친구는 영어로 당신 사정을 다 안다고 하면서
일본의 법이 그렇다고, 한국어판 안내서를 내보이며
내 얄팍한 논리를 뒤집는 것이었다, 완벽한 근거를
대며
내 무지와 억지를 여지없이 부수는 것이었다
하는 수 없이 시청료 고지서를 놓고 가라 하려다 어찌
생각난 말
나는 내가 설치한 텔레비가 아니라며
이건 내 뜻과는 아무 상관 없는 것이라며
일본의 법을 내게 적용시키지 말라며

(여기까지 영어로 말했으니 내 잠재된 영어 실력도 보통은 아니다)

그리고 오랜 침묵, 사실 나는 더 말할 영어 단어가 생각나지 않은 것이지만

통하지 않는다는 듯 다시 오겠다고 돌아서는 수금사원을 보며

왠지 내가 한달 2,500엔을 벌었다는 뿌듯함 같은 게 없었는데

그런 얘기를 같은 한국 사람에게 했더니

시청료 내는 바보가 어딨어요

한다, 그까짓 거 얼마나 된다고 줘버리지 그랬어요

하지 않은 데 안도했지만, 단칼에 보내도 되는 걸 무얼 그리 땀 흘렸냐고

사실 나는 그때 등줄기에 땀이 흥건히 배었는데

그럴 필요도 없었다고

한다, 도대체 그럴 필요도 없는 일에 땀 흘린 나는 무어냐고

국경일에 태극기도 달지 않았던 내가

일본 사람한테 돈 빼앗기지 않은 것만도 애국했다 하
겠냐고
곰곰 돌이켜보다 이런 시 아닌 시를 쓴다.

까마귀와 놀다 1
東京詩篇

거지도, 東京에서, 우산은 챙기더군요
김포에서 사온 담배는 한갑 남았습니다
언제든 쏟아질 준비가 된 하늘 아래
처마 없는 집들로 이어진 거리에 비는 때없이 내리더
군요
어느날 마련한 우산마저
정녕 착실한 파수꾼은 아니구요
기상예보만 아닌 무엇이 내 몸에 장착되고 나면
우산 드는 아침을 맞이할까요?
무연히 쏟아지는 비는
전생의 업보처럼 나를 때리는데요

거지를 보고도 살필 게 있겠더군요,
그가 언제 우산을 펴는지.

까마귀와 놀다 2
東京詩篇

가을 해는 두레박 떨어뜨리듯 지고
빈 편지함을 뒤지는 日常

東京 교외 공동묘지를 지나 강의실에 이르면
얼굴엔듯 마음엔듯 그리움이라든지
욕망이라든지, 지친 자본주의의 유령이라든지

헤쳐온 세월을 닮은 영혼들과
페달을 밟아 땀 흘리는 다리가 있었다

가을 해는 두레박 떨어뜨리듯 지고
하루치 내 육신을 습기에서 걷어올려

밤이 지나는 동안 두 번쯤
세 번쯤 짜낸다, 문득 눈을 떠야 하는.

서쪽으로의 산보

1

가을이 오고 맑은 날이 잦아지면서
저물 무렵 산책이 습관처럼 밴다
거리에 나서서 지는 해를 따라 서쪽으로 간다
그곳은 내 고향
떠나온 자는 하루가 바쁘지만
한주일이 더디고 한달은 가지 않고
돌아가마 약속한 날짜는 오지 않을 것 같다

2

연못을 건너는 나무다리 위에서 내려다본다
작은 잉어 한마리가 내 얼굴 안으로 들어온다
이것은 습관일까, 사람의 발자국 소리를 먹이로 아는
잉어는 행복하다, 물결 위 내 얼굴이 일렁인다, 일그
러지다가 웃다가
호주머니에 아무 준비가 없다, 어린 잉어를 조금 불행

하게 했다
　크고 작은 잉어들이 모여 온다, 식구일까, 더 미안해진다
　어느 먼 원시부터 그렇게 살아왔을 세월
　크고 작은 먹이를 찾고 식구를 불러모으고
　때로 하릴없이 헤엄치다 돌아가고

3

　그리하여 가을이 더 깊어진 다음
　가슴까지 이르기 전 이빨 사이에 목젖에 걸린
　거기서 삭아내린 한때 사랑했던 그림자라도
　그립고 그립다가도 그립지 않고 다시 그립고

　새벽엔 듯 눈을 뜨니 첫 까마귀 울음소리
　한번 울고 사라진 저 까만 생명을 생각하다가
　저 둥지를 생각하다가 문득 온풍기 스위치를 눌러 더
운 바람에 쏘이다가
　몸 하나 묻고 침대를 덮어 아직 어둠인 날을 뒤척이다가

오늘은 바람이 불어 내가 가는 길에 은행잎 깔리고
비도 내리겠지, 달라붙을 힘이 생기자면, 그래서 빈
하늘로 사라지기 전
먼저 빈 마음부터 준비해야겠다는
그래서 가을이 더 깊어진 다음 얼굴을 스치는 바람에

4

까마귀는 이 땅의 무엇이 좋아
저리도 많이 퍼졌을까
나는 깃들일 처마 하나 없고
끈끈한 습기를 몰아 소리 없이 안개비 내리는데
소리 없이 가을은 가는데
고향에서는
주인 잃은 등불 하나 반짝이려나.*

　* 마지막 두 줄은 혜초의 시에서 빌려왔다.

貧村, 스가모

스가모 전철역 나오는 계단 아래 초로의 아주머니가 배추김치 오이김치를 팔고 있었습니다. 냄새 때문이겠지요, 비닐봉지에 몇겹씩 꼭꼭 쌌지만 사실은 어찌나 낯익은 풍경이던지, 나는 부천역이나 안양역 앞을 지나는 것 같아 무심코 몇걸음 가다, 아차, 아니지 싶어 한번 뒤돌아보았지요. 스가모는 시다마찌, 東京의 빈촌. 아주머니는 내 눈을 피했습니다. 그러나 어차피 한국 사람에게 팔러 나오지 않았나요?

계단 위에 늙은 거지 하나 가래까지 끓으며 떠나지도 않고 걀걀거리고 있는데, 저놈의 영감탱이, 속에서 절로 욕이 나오는 것이었습니다. 돌아올 때는 아주머니도 거지도 보이지 않았는데요.

겨울 옷

옷장에 몇벌의 옷이 더 걸린다, 항공 우표를 달고
주인의 겨울을 감싸러 먼 데서 왔다
하나하나 자리를 잡는다, 낯선 땅에 내리면 숨부터 고
르는 법
지난 봄 제 옷장으로 돌아간 다음
운명은 결코 그들의 뜻과 상관없이 흘렀을 뿐, 추억을
가지고
제 주인에게 추억을 전하러 가는 일은 임무가 아니었지
색깔이 바랜 자리에 그리움이 들어서 있고
실밥이 풀어진 자리에 슬픔이 대신 매어 있다
아무려나 아린 세월이 밴 채 주인에게 버림받기도
더러는 주인 먼저 보낸 빈 땅을 지키기도 할 옷

추억을 곱씹으며 입는 한 옷은 더이상 옷이 아니다.

골목길, 자전거를 탄 여자

소학교 일학년 어린아이처럼 문패를 단 대문들

어디나 곱게 깔린 아스팔트길로 자전거를 탄 여자 지
난다
찌르릉찌르릉 하늘에서 울리는 경적 같다
골목 한켠 비켜서서
페달을 밟는 뒷모습 야무진 엉덩이를 훔쳐본다

현관마다 걸린 외등에 불이 켜지고

저녁 찬거리일까, 짐칸에 실린 장바구니
한 식구의 양식이 숨죽이며 따라간다.

먼 곳에서의 이별
京都로 간다는 한 선배가 있어

八重洲 서점 커피숍에서 東京驛을 바라보고 있었다
비가 내린다, 노랗고 빨간 택시들이 사람들을 내려놓
기도 하고
세차게 와이퍼가 돌아가며 빗물을 털어내기도 하였다

―덩굴 뻗는 칡처럼 뒤에 가서 다시 만나자고
아욱이 꽃이 피네*

신문이 나오지 않는 월요일 아침이다, H氏賞을 받았
다고
타이완계 시인의 기사를 읽은 것은 지난 월요일이었다
그의 시집 『TAIWAN』은 서점에 없었다
낯선 땅 자기 나라에서 시인은 외롭게 자랐단다
그래서 시인이 되었을까, 그런 영혼을 만나보고 싶었
던 것은
우리에게, 소독약을 바른 아물지 않는 상처의 습관
일까

─덩굴 뻗는 칡처럼 뒤에 가서 다시 만나자고
아욱이 꽃이 피네

비가 내린다 월요일 아침이다
플랫폼에 서성이는 사람들이 보인다, 누구에게 이별
하는 자가 되어
가볍게 손을 들어주며 돌아서고 싶었다
세월이 한상 가득 차려 내놓은 식탁의 어느 언저리에
앉아
무엇부터 먹을까 자꾸만 손은 물컵을 잡았다.

  *『萬葉集』의 노래 가운데 하나.

구름의 이동 속도

1

늙으신 어머니 두고 멀리 떠나 왔다
소록소록 봄비가 귀에 젖는 밤
기숙사 가까이
대학병원 쪽으로 구급차 달리는 소리 어지럽다
여기서 서울만큼 떨어진
어머니는 홋까이도 지진 소식에도 마음 졸이신다지만

콩자반 아직 남았어요, 눈물이 나고
멸치 볶은 것도 맛있네요, 눈물이 나고

2

살아온 날 이제 한번 돌아볼 만한 때이려니
살 한점 찌우지 못한 몸이다
움직일 때는 기준이 있는 법
나는 내 가벼운 몸만큼이나 가볍게 날고 싶었나

중국에서 온 유선생, 당신 이름에 구름 운(雲)자가 있
어서
그러고 입을 다문다, 게다가 높을 고(高)까지
그의 다음 말을 속으로 이어준다

3

태평양으로 나가는 배들이 자주 무적을 울리고
창문을 열면 방안까지 스며드는
묻지 말자, 습기 찬 낯선 손님들의 이름
턱을 괴고 무추룸히 창문 저 깊이
쳐들어오는 흰머리가 검은 세월을 밀어내는, 익숙한
광경처럼
오래 전 내 어머니가 나와 함께 누벼진다

먼 마을에 와서 살아보니
구름도 흘러가는 속도가 달랐다.

은유의 숲

내가 안아 키운 자식은 현실이었다

업어 키운 자식보다 안아 키운 자식이라고 말하는 나
라에서
안아야 할 현실은 은유로 바뀌어 들이닥쳤다

보이지 않는 다리가 많았다
옛 자리마다 작은 말뚝이 얍삽하게 서 있다가
흐린 날, 비를 맞고 돌아와 방안에서 말리는 세월들이
었다

해독되지 않는 자식을 오래도 품고 있었다.

나의 8할

값없이 볼 수 있는 것 죄다 보고 가자 했지요
때론 가벼운 주머니에도 속이 든든한 날
꽃밭에는 꽃 반 바람 반
벚꽃 핀 공원의 어느 모퉁이에 서면
얼굴보다 몸이 먼저 돌아가네요, 내 몸 어딘가에
꽃내 맡는 숨구멍이 뚫려 있어요
스며들었다 스며나갈 때 저절로 나를 씻어주는
그러면 시큼한 냄새가 되고 말겠지요?
여기는 백제적 조상들이 와서 자기들끼리 사랑을 나
누었던 땅
나는 도리어 유배나 온 사람처럼 가끔은 까무룩해지
기도 하는데요
더러 바다 건너 두고 온 사랑도 끼었을라나요
꽃이 피면 공원에 나가 본 것들일랑
파도에 실어 보내기도 했을라나요
값없이 바짓가랑이에 소금기가 젖는 날
바다에는 돌 반 구름 반.

三田

나는 평면, 지도에서 익힌 거리였다
높이를 알려주지 않는 정보원을 둔 게 잘못이었다

저장한 가따까나 몇마리가 머릿속 어디서 길을 잃고
느린 속도로 번역되어 다가오는
어긋나게 내 옆을 지나가는 풍경이 있었다

새로 거기 나를 그려 넣어야 했나, 넣었나?
나는 아직 이 거리의 문법을 모른다

난바다 가까운 마을에는 바람이 늘 제집처럼 드나들고

땅거미가 찾아올 때쯤 밭고랑 같은 골목길에
돌아가라 돌아가라
어김없는 하오의 사이렌이 울었다.

제3부

오줌

어려서 우리 옆집 할아버지는
내 오줌을 받아먹었다, 무슨 병이었는지
어린아이의 깨끗한 오줌이 약효가 있다 했다
동네 아이들 중에서 내가 선택된 이유를 몰랐지만
지금이라도 드러낼 만한 자랑은 아니지만
세상에, 내 오줌으로 사람을 살린다니

술을 많이 먹고 난 아침
당뇨 낀 내 누런 오줌은 아무에게도 쓸모 없겠다
어느덧 쓸모 없는 인간이 되어 있었다.

벌교 9

노래를 잘 부른 그 아이
학교 대표로 뽑혀 군청까지 갔다 왔지
기차를 타고
선생님이 사주는 짜장면도 먹었겠지

탱자나무 울타리가 곱던
그 아이의 집 안에서는 노랗게 익어
탱자열매 같은 노래가
들려오곤 했어

구수한 짜장면 먹고 온
기차 타고 군청까지 갔다 온
그에게 다가갈 수 없었지
감히

머리가 굵어져서도
탱자나무 울타리보다 더
가시에 박히게 완강한
못난 세월에서 떠나지 못했어.

쑥 캐는 봄날

일행들이 가는 논둑길을 멀리 두고
홀로 쑥을 캐는 어머니의 行步가
나는 싫었다, 그래야 빨리 캘 거 아니냐
따로 어머니와 함께 가는 논둑에서 나는 자꾸 미끄러
졌다
천지 들판에 봄이 오고
쑥 캐러 나가
사람들 몰려다니며 봄을 즐기던 날
나는 그 봄이 하나도 좋지 않았다
홀로 가는 어머니의 그림자를 밟을 뿐

行步의 뒤안이야
나는 내 논둑길이 생겨서 알았지만

정녕 사자처럼
홀로 우뚝 서는 뱃심이란 애당초 없는
여린 자식을 키우기가
어머니는 끝내 짐이었을 것이다.

편지

부엉이 눈 밝히는 저녁 어스름
찾아갈 길이 어두웠다
여러 밤 걸려 행상을 도는 엄마는 멀리 있고
낯선 동네 저수지 긴 언덕
구렁이 한마리 재빨리 숨는데
가서 먼저 내 소식 전할까 두려워
뱀보다 빨리 뛰었다
손에 들린 편지 한장
엄마에게 가는 소식은 불행이 반을 넘었지만
나는 계보도 모르는 먼 친척집 뒷방에서
늦은 밥상을 받고 자꾸 눈물이 나왔다
잎 떨어진 나뭇가지에 걸린
밤하늘이 붉어져
등 돌리고 피우는 엄마의 담배연기는
미처 담장을 넘지 못하고.

할머니, 그것은 거짓말이었어요

참괴에 가름할 고백 하나
착한 사람이라는 말을 듣는 내 행동의 저편에는 착하
게 보이게 한 거짓말이 있었다

일흔 넘어 할머니 가는눈이 멀어
대충 짐작으로 일해야 했는데
국민학교 삼학년 처음 도시락 가지고 다닐 때
언제나 열어보면 새카만 보리밥뿐이었다

─할머니, 날 이뻐하는 것 알지만
그러니까 내 도시락에 쌀밥만 퍼놓지
오늘부턴 내가 쌀 거야

눈 어둔 우리 할머니
동네 아줌마들한테 말하곤 했다

─애는 쌀밥 내 먹으라고 지 도시락엔 보리밥만 담는
다오.

딸의 공포

네살배기 딸아이가 가는 어린이집에선, "아이를 선생님에게 꼭 인도해주고 가세요" 한다. 그래, 그것이 원칙. 원칙이지만 원칙을 지키지 못할 때가 있다. "서연아, 아빠가 대문에서 보고 있을 테니까, 혼자 들어갈 수 있지?" 볼에 뽀뽀하고 차에서 내리자, 아이는 제 힘껏 뛰어간다. 살짝 스치는 옆얼굴이 상기된 듯, 굳은 듯, 어깨에 멘 가방 양쪽 끈을 꽉 쥐고.

아, 그것은 어린 딸이 세상에서 경험하는 첫 공포.

완벽한 평화주의자

뜯어보면 내 딸은 기중 나를 가장 많이 닮아 있다
이 세상의 한 스카이라인을 이루는 놀라운 구조물
그렇게 닮아 있는 것을 누구보다 아이의 외가 식구들
이 안도하는 이유를
나도 조금은 안다
그런데 더 자세히 뜯어보면 내 딸은
나만 닮아 있지 않다, 조금 듬성한 머리카락은
외할머니에게서 가져왔고 커다란 눈도 분명 외탁이다
합죽이처럼 웃는 입이 할머니를 더 닮았지만
전체적으로 둥그런 얼굴 모습은 할아버지에 가깝다
그러니 사실 누구든 내 딸을 보며 속으로 자기와 닮은
구석을 찾아간다
커다란 눈을 보며 외삼촌은 저거 틀림없이 내 외조카
야 하고
튀어나온 이마를 보며 내 여동생은 옛날의 나를 보는
것 같구먼 한다
그렇게 찾아갈 구석이 있음이 일가의 평화를 지킨다
는 사실을 딸은 알까?

나 혼자의 것 아니되 내 것도 섞여 있음을 보며 너그
러워지는 세상이다
  내 딸은 고맙게도, 세상에 태어나 만 일년 되어 만나
는 그의 세계 속의 사람들이
  사이좋게 나눠 가질 평화를 가지고 있다
  더러 고약하게 부리는 성깔만
  나도 마누라도 서로 네 것이라고 눙치고 있을 뿐이다.

한가위, 군에 간 조카를 생각하며 쓰다

戌자리는 이 밤도 안녕하느냐?
백오밀리나 바주카포의 가늠자로 이 세상도
가늠되느냐?
달빛 밝아 환한 밤
기름수건으로 닦는 구석에 웬 얼룩이 지고
달은 서쪽 하늘에 닿아
이 밤도 마음은 옛집에서 잠드느냐?
애비 없어 고단했고
엄마 잃고 외로웠던 헐은 곳일지언정
터진 손등 바라보며 번호판을 눌러
살아 있는 호출기에 음성 메시지를 남기고
누구의 심장을 울려
더러 깊은 밤 눈뜨게 할까?
더도 말고 덜도 말고
더도 말고 덜도 말고……
재빨리 달을 가리다 사라지는 구름만 하거라
바람에 낙엽 쓸리는 소리만 하거라.

입영 전야

내 조카도 옛날의 외삼촌처럼
취침 나팔을 들으며 잠자리에 들 것이다
한없는 꼬투리로 늘어지는 일석 점호에 시간을 뺏기고
불침번에 다시 잠자리를 박차고 일어나며
우선은 부족한 수면 시간에 자기 전부터 몸은 무거워
질 것이다
자꾸만 내려앉는 눈꺼풀이 더 무겁다가도
더러 맑은 정신이 돌아올 때면
다니던 학교와 어느 전선에선가 먼저 군바리가 되어
있는
좋은 친구들이 떠오를 것이다
떠나오던 날 아침 호남선 고속버스 터미널과
비가 오는데 승차장에서 손을 흔들던 외삼촌과
훈련소 앞까지 따라온 여자애들과
그렇게 주선한 이 세상 오직 한 혈육
누나의 얼굴이 자꾸만 겹쳐질 것이다
그리고
다섯살 때 여읜 아버지와 열다섯살 때 여읜 어머니와

새벽이면 어린것을 업고 눈칫밥을 짓던 외할머니가
잠깐 별빛을 적시며 입가에 맴돌 것이다
그러자면 천애 고아가 되어서도
신성하다는 국방의 의무를 저버리지 않은 자기를 자
랑스럽게 여기며
몸무게로 군대를 빠졌다가 고생하는 힘 있는 집안의
어떤 사람을 가여워할 것이다
잠이야 자동소총보다 빨리 오는 법
나 아닌 세상 사람들이 어떻게 살아간들
내 할일 하고 살자고 이를 악물 것이다
꿈도 없이 밤을 보내고
기상나팔에 침상을 박차며 일어나서는
일조 점호의 저 거룩한 시간
고향을 향해 문안의 기도를 올릴 때
조카는 서울이나 경상도나 전라도가 아니라
하늘을 향해 얼굴을 치켜올릴 것이다
거기 계신 아버지와 어머니에게 땡볕의 하루를 맡
기고

땅에 발 딛고 사는 동안
울지 않는 아들이 있노라 다짐할 것이다.

몽블랑
나의 신부에게

이름만 들어도 설렌 그 만년필
그대가 보낸 선물 속에 들어 있었다
잉크를 채워 첫 글을 쓰면서
갖고 싶었던 오랜 소원을
나는 몇자 적어 풀어본다
홀로 눈을 이고 있다는 흰 산
만년설로 뒤덮여
깊은 전설처럼 골짜기를 거느리고 내려오는데
내가 이룬 건 만년필이 아니다
더 오랜 소원
그대를 만난다는 사실

흰 산이 한 처마 아래 있다.

채점

내 생일은 십이월 하고도 중순

언제부터인가 나에게는 그날 받는 선물의 질과 양으로 한해를 채점하는 버릇이 생겼습니다. 분명코 한해 동안 내가 베풀었던 것만큼 돌아오리라는, 사실 터무니없는 계산법이지만, 그렇게 삶의 한 매듭매듭을 결산해보는 것이지요.

부끄럽게도 후한 점수를 받고 넘어간 해가 몇번 없습니다. 치사하고 쫀쫀하게, 가난하다는 핑계로 내 밥그릇 먼저 챙겼고, 몸이 약하다는 핑계로 내 옷 한벌 먼저 챙겼고, 사랑한다 하면서도 내 모두 바치지 못했습니다. 서른의 막바지에서 평균점수 간당간당, 다음 나이 진급이나 될랑가 싶습니다.

내 생일은 십이월 하고도 중순

아니, 내 삶의 십이월 중순쯤

이다지 부끄럽게 또 핑계나 대야 하는 건가요.

어머니 김치

결혼하고서도 내내 어머니가 만들어주신 김치 가져다
먹었지요. 요새 젊은 여자들 김치 담가 먹을 사람 몇이
나 되겠나 싶어 의당 그러려니 하며, 오로지 입맛 당길
반찬이야 김치 하나인데다 분가해 살면서도 어머니와
함께 있다는 기분을 갖는 것 좋은 일이긴 했습니다. 전
라도 고흥 여자 어머니의 김치 맛이야 달리 말할 필요
없지만, 들어갈 양념 모자라 실력 발휘 못하던 때 말고
는 김치 하나로 입안 가득 행복하기만 했습니다.

세월의 켜가 쌓이는 만큼 머리는 밝아지지만 손끝은
무디어지는가요, 칠순 넘기고 어머니 얼마 전부턴가 손
에 물 묻히기도 힘들어하시더니, 상에 오른 김치 먹다,
당신이 만들었어, 눈 흘기며 마누라 쳐다보는데, 어머니
입맛이 예전 같지 않아요, 대답에 나는 울컥 속으로 눈
물 삼키고 말았지요.

비 오는 여름 아침의 통화

고교수, 잘 있는가?
큰형님은 늘 그렇게 말을 꺼낸다
스무살도 더 차이가 나는
아버지 같은 형과
나는 이복간이다
밤새 비가 내린 아침이었다
사시사철 우리나라 여름 같다는
먼 곳에 가 있는 그를
나는 한번도 걱정해준 적이 없다
여름비로 파인 깊은 개울 같은 가슴아
이제 이 비 그치면
서늘한 바람 불어올 것 같은 아침에
고교수, 잘 있는가?
여전히 낮은 목소리로
큰형님은 나에게 건너온다.

청첩장

내 그 분 알지 사촌누님
해방 무렵 태어났다던가, 허랑한 아비는
세상 무엇을 찾아 한곳에 몸 붙이지 못하고
이런 집구석에 더는 못 사오, 모진 어미는
어린 딸 버리고 친정 동네에 숨어버렸지

사촌누님 우리집에서 식모처럼 컸다는데
자기 같은 딸 하나 얻어 떠돌다가
잊을 만하면 소식을 전하곤 했어

말년 운은 트이는지 청주 어디선가
농사짓는 사람 따라 산다는데
지난 여름 할머니 제사에 찾아와서
사람 하나 실해 살기는 걱정 없다고
젯상 바라보며 할머니에겐 듯 우리에겐 듯 소리 낮춰
말하더니
품속에서 청첩장 한장 내놓고 황황히 사라졌어

딸아이 시집 보낸다고
시간 없으면 안 와도 된다고.

제4부

안개와 절

寶林寺*

거기 어디서 길을 잃었었지
안개 가득한 가지산 아래
절이 있다고 가르친 건 지도였으며
초가을 아직 난방 안된 여관의 심부름꾼

그러려니 믿고 나가는 발걸음이
기어코 부닥치는 막다른 길이었지

용맹 정진, 그 말 모르는 건 아니다
눈뜨고 걷는다가
눈감으면 헛된 꿈, 나는 미물이었네
다시 눈을 떠도 안개 자욱한 세상

보물의 숲에 깊이 앉아
오랜 내력을 팔뚝 뒤에 새겨 감춘 철조 비로자나불
밝은 눈 가진 뒷사람 기다리며
눈비 맞은 세월 앞에 고개 숙이다.

* 우리나라 최초의 선종인 가지산문의 종찰. 『삼국유사』의
저자 일연이 이 산문에 속한 승려였다. 전남 장흥에 있다.

問喪

헤어져 돌아서던 그의 모습이 쓸쓸해 보이던 다음날
그가 아닌 그의 아버지 부음을 듣는다
분주히 하루 일 마치고 문상 가는 길
몇번의 문상을 간 다음에야 내 차례가 오나
살아 한번 본 적 없던 이의 영전에나 절을 올리고
두루두루 아는 얼굴들을 확인하며 술잔을 돌리고
이 술잔 몇번 돌아야 밤이 새나
자정 넘어 사람들 내일의 일터를 위해 돌아가는데
자리 채워줄 손님 오지 않는 빈자리에 뜨는 게 굼뜬
사람만 남아
그의 눈은 슬픔에 젖어 충혈되고 나는 술이 올라 얼굴
만 발개진다
기꺼이 남아도 마음은 가고 세월은 가고
영안실에서 취해보니 드디어 누가 가고 누가 오는지
이승이며 저승이란 한낱 숨소리 있고 없고 차이
알겠네, 오십년 밥해준 마누라한테 고마웠다는 말 한
마디 못하고 가는 것
중천의 해가 반나마 기울도록 모퉁이를 돌던 옛 마을

꽃상여에도
    이승의 미련은 정녕 산 자가 꽃처럼 달아놓았겠지
    영안실 굴뚝에 달린 피뢰침 끝부터 시작될 하루는
    새벽빛 서려 어슴푸레하고
    새벽빛처럼 이 병원 어딘가에
    간밤엔 젊은 부부의 애를 태우던 분만실도 있다네
    종종걸음 내 앞을 지나치는 캡이 삐뚤어진 간호사.

지난 겨울

1

흰눈 덕분에 정체를 드러낸 산을 보고 왔다
나뭇잎으로 가렸던 등성이가 저거였구나
내 등성이에 어떤 흰눈이 내려 쌓이고
나뭇잎보다 더 우거진 몹쓸 치장들이 떨어지고

2

새벽 네시, 일행을 두고 첫차를 탄다
계룡산 아래 동학사 비구니
이른 시간 부산스럽기도 하네
나는 유성 시내 어디쯤서 길을 잃고

3

아무리 살 붙이고 산다지만
밤새 술독에 빠진 남자 재워주는 여자 가련하네

우리 마누라
내가 쓴 시는 한줄도 안 읽더군.

제비집

1

날아오지 않는다 봄이 와도
제비들 집 지을 곳이 없다, 서울에
처마 없는 지붕을 한 집들
좁은 땅 한치라도 더 쓰자지만
없어진 건 처마가 아니다
오지 않는 건 제비가 아니다

2

기가 막히다
서울에 제비집 있다
천호동, 그 골목길에 가면
제비 새끼들 목을 내놓고 지저귄다
처마 밑같이 불 밝힌 집 안에서
오빠 오빠 오빠
넥타이 맨 오빠 랜드로바 신은 오빠

쳐다보는 오빠 머리 긁적이는 오빠
오빠 오빠 오빠
물고 온 먹이 제 먼저 달라는가
제비 새끼들 천호동 밤 골목길
목을 내놓고 지저귄다
쉬도록 지저귄다.

문명

귀족들 마차가 거리를 메우자
파리와 런던의 시가지를 온통 말똥이 점령했었다지
마차에서 쏟아지는 말똥이 공해가 되어
가솔린 쓰는 자동차를 만들었다지
말똥보다 가득하고
말똥보다 무서운
배기가스 매연이 나타날 줄 몰랐었겠지
그리운 말똥

먼 훗날에도 시인은 여전하겠지
그리운 매연
이라고 쓰겠지.

옥중 서신

때로 가슴 떨리는 투사의 육성이었거니
시절은 이제 싸움을 좋아하지 않는다
희석된 싸움 위에 또 물 타기뿐이다, 진영에서조차
더러 정신 빠진 놈으로
노선에 찬물을 끼얹는 놈으로 퉁바리맞고
그런데도 창살에 갇혀 있는 그대는
누구인가, 자꾸만 창살을 닮아간다는
차라리 탈속한 듯 그대의 편지를 읽는 밤
그런데도 내 눈엔 눈물 고여
살아온 날들과 가야 할 길이
또다시 절벽 같은 밤.

끼니

멀쩡한 제집 두고
때 되어도 밖에서 끼니를 때우는 일은
茶飯事
도대체 집은 뭐하러 있는 거야?
아침은 얻어먹고 사냐는 질문도
굳이 마누라 타박할 問法은 아니지
차라리 못살았다는 옛날 생각이 나는 거야
새벽밥 해 먹고 들일 나가
날라 오는 새참이며 점심 바구니
끼니마다 집에서 만든 밥 먹던 생각
그것이 힘의 원천
저녁이면 큰 상 작은 상
각기 제몫의 상에 앉아
제 밥그릇 찾아먹은 것이 좋았다는 생각
무슨 벼슬한다고
이 식당 저 식당 돌아다니며
제 그릇 하나 찾아먹지 못하고 사노
먹는 게 아니라 때우면서

만주벌판 독립운동이라도 하나
멀쩡한 제집 두고
밖으로만 나다니면서.

강철의 발걸음

고통의 세월이 지난 다음 알게 되었네
산등성을 타고 몇 봉우리를 지난 다음
가을 낙엽 떨어져 산길마저 마른 잎으로 덮이고
구르고 미끄러지고 헤맨 다음
사람의 발걸음이 얼마나 무서운 건지

기차로도 배로도 갈 수 없는
비행기를 탱크를 타고도 갈 수 없는
사람의 발걸음만 허락하는 좁은 산길에서
우리는 알게 되었네, 사람의 발걸음이 얼마나 무서운지

단숨에 치달을 수 없지만
쓰러진 나뭇가지를 걷어내고
바위를 타고 넘어가야 겨우 한등성이 뒤로 했지만
오랜 시간을 참고 견딘 다음
아, 우리는 큰산을 넘었네

산하를 두고 우리는 말하네

내 작은 발로 너를 찾아가
내 땀으로 너를 만졌노라
캐터필러로 깔아뭉갤 수 없는
너의 깊은 숲을 조용히 보여준 산하여

더 오랜 고통의 세월이 지난 다음
우리가 꿈결처럼 발길을 준 너를 기억하리라
그제야 알게도 되리, 우리의 발걸음이
땀과 인내로 이어져 새 세상을 찾아내리니
아름다운 강철의 발걸음이여.

겨울 이야기

木月 선생 당인리 근처 사실 때, 포장 안된 흙길을 따라 오가시면서 시를 생각하였다지요. 거기 큰 발전소가 세워지고, 그 동력이 서울의 밤을 지킨다고 들었습니다. 선생의 시는 전기 같은 것이었을까요, 우리들 하나하나의 마음에 등불을 켜주고, 당신은 외롭게만 사시다 가셨다는 이야기.

양화대교 아래 큰 철제 전신주
바람을 맞으며 하염없이 흔들리다가
늘어뜨린 전깃줄이 강물에 닿을까
팽팽히 당겨 힘을 쓰더군요
강가에 나가
불어오는 바람에 흐트러지는 머릿결을 쓸어올리며
나도 세상을 받치는
나도 세상의 작은 받침이 되는
끝없는 꿈을 꾸다 돌아옵니다

풀밭에 고요히 쌓인 눈을 밟는

내 오래된 구두가
겨울바람에 묻혀 조금씩 젖습니다.

영안실 쪽 육교

내가 죽었을 때도
저렇게 사람들은 모여 소주를 돌리고
잠시 애도의 시간을 가진 다음
얼굴이 발개지도록 세상 이야기를 하겠지
내가 죽었을 때도
저렇게 사람들은 조금 쌀랑한 바람을 맞으며
잔을 들고 영안실 마당 이 자리 저 자리 다니며
산 자의 안부를 묻겠지
차일을 치고 백열전등을 달고, 가족들은
손님을 맞고 보내고
그러다 밤이 이슥해질 때
문상 핑계로 건수를 챙기는 치들은
아예 자리를 잡아 패를 돌리며
집에다 전화를 하겠지
그러면 내 혼은
점심 먹으러 건너다니던 영안실 쪽 육교
젊은 땀이 뿌려진 콘크리트 계단에서
그리운 얼굴 하나하나 뜯어보다가

점심도 먹을 필요 없는 다리를 건너
다시 돌아오지 않겠지.

눈치 Ⅱ장

산다는 건 눈치

이 나이 되도록 그렇게 살아왔나
눈치 보며 새치 나며

밥 먹으며 눈치
술 마시며 눈치
고민하면서도 눈치
사랑하며 눈치

죽음마저 눈치?

그래서 머리 하나에
새치는 이렇게 많이 났나.

담배 10년

자동차 고치러 갔다가

왼쪽 가슴 주머니의 담배
슬그머니 바지 주머니에 숨긴다
정비소 주인은 내가 다니는 교회의 집사
속이자는 것이 아니라
왠지 그에게 모욕을 주는 일 같았다
돌아오며 생각하니
담배 피운 지 10년
남들 끊을 나이에 시작한 늦담배가
쓴 내 인생의 이력서이다
때로 눈치보며
연기처럼 흘려보낸.

야간 행군

대구 분지의 밤은 비와 함께 왔다
늦은 저녁, 살아 있는 몇낱 별들의 전송을 받으며 우
리는 떠나곤 했다
소총의 노리쇠 뭉치를 빼놓거나
군장에는 베개를 집어넣어 무게를 줄이기도 했다
중간 휴식처에서 군장검사라도 있으면 원대 복귀였다
그런들 어떠랴, 물집이 터지고 무릎 관절이 쑤실 때
M60 트럭에 실려
차라리 후송병이 되고 싶었다, 여기가 뭐 전쟁턴가
마을을 멀리 떨어져 걷는 산길이지만
마을의 불빛은 땀인지 비인지 눈썹마저 뚫고 흐르는
짜디짠
물줄기 속에 내 눈을 밝게만 했다
밤새 목적지에 다다라도 거기 적은 없었다
비가 개는 새벽의 부연 안개와 대지의 울림 같은
낯선 정적만이 우리를 기다리곤 했다
총은 자연을 배반하는 총아, 그런데도 총을 멘 우리를
반기는

산과 나무와 안개와 부지런한 풀벌레 앞에 절망하곤
했다
메고 온 개인용 텐트를 모포처럼 두르고 잠들면
꿈속에서도 아픈 무릎 관절을 참으며 걷는 내가 있
었다.

봄 오는 공사장

겸손하기 그지없는 나무들만이
그들의 옷을 벗었다
한겨울 인색한 햇볕을
저 메마른 땅들과 고루 나누기 위해

땅 속에 묻은 뿌리가
흙과 잡는 악수
긴 겨울 맵찬 바람을 견디려면
우리는 더 굳어져야 한다

빛나는 것은 어둠속에서
지긋이 하루를 마감하기에
숨가쁜 손과 발을 거두고
가슴엔 듯 뜨거운 정 모아보자

이마의 땀이 식기도 전에
콘크리트 골조는 우람히 드러나고.

봄날 山行

滿山紅華, 온 산 가득 꽃이로다

작은 키일수록 물도 빨리 오르는지, 땅 가까운 나무
들이
먼저 꽃잎 열려 있네
골짜기마다 속속들이 서운찮게 피어
멀리서든 가까이서든 한눈이 즐거웁구나
꽃잎에도 기운 얻은 사람들 시선이 따사로운데
뿌리로부터 먼 길 소식 달려오지 못한
불쑥 키만 큰 나무는
때맞춰 웃어야 하는 일이 쑥스럽다

한 겨우내 내 마음속 골은 더 깊어졌네
거기에도 봄이 찾아와
주름진 골짜기마다 꽃은 피었는가.

그리움의 거처 혹은 견결한 성찰의 목소리

김성수

1

언제였던가, 내가 고운기를 처음 만났던 때가. 그를 만난 지 십수년이 훌쩍 지나간 지금, 세월의 어깨 너머로 그에 대한 한가지 인상이 떠오른다. 80년대도 거의 저물어 가던 그때, 늦은 군복무로 잠시 접어두었던 박사과정 복학을 위해 그가 학교를 찾아오던 무렵이 아니었나 한다. 제대를 얼마 앞둔 그는 단정한 장교 근무복 차림으로 학과 사무실에 종종 들르곤 했는데, 돌이켜보면 그때 세련된 매너를 지닌 그에게 나는 어떤 호기심을 품고 있었던 것으로 기억한다. 어쩌면 호감이라고 해야 할 그의 신원적(身元的) 풍모가 나의 관심을 촉발시켰다고 말하는 편이 더 정확하리라. 이른 나이에 등단하여 이십대 중반에 첫 시집을 펴냈고, 단정한 현대시를 쓰면서 '고전시가'를 연구하는 그의 캐릭터에 나는 퍽 신선한 매력을 느꼈던

듯하다. 이십대 후반의 수려한 청년 고운기에 대한 그 무렵의 인상은 이후 몇차례 여행을 하면서 느낄 수 있었듯이, 사람과 사물과 세상을 깊이 배려하고 이해하려는 그의 시처럼 고우면서도, 그러나 견결(堅決)한 심성을 소유한 시인으로 나에게 새겨져 있다.

그러나 짧다면 짧고, 길다면 긴 시간 그와 교유해오면서 내가 그의 내면을 깊은 곳까지 이해하고 있다고 말할 수 있을까? 아마도 그를 아는 만큼 모른다고 해야 옳지 않을까 싶다. 이렇게 말하는 것은 이번 시집 원고를 읽으면서 어느 정도 그의 내면에 더 가까이 다가가는 계기가 되었다는 점을 말하고 싶어서이다. 일상의 삶에서 타인들에게 사려 깊은 애정을 보여주면서도, 결기 있는 내면을 지닌 그의 모습은 이번 시집에서 견결한 자기성찰의 태도와 어울려 각별한 울림을 주고 있다.

2

모두 쉰여섯 편의 시들이 네 부분으로 나뉘어 수록되어 있는 고운기의 신작 시집 『나는 이 거리의 문법을 모른다』에는 부끄러움에 대한 견결한 고백과 성찰의 목소리가 담겨 있는 한편, 낯선 이국 땅에서 느끼는 어머니와 가족을 향한 그리움의 정서가 진솔하게 표백되어 있다. 1부에는 일상에서 느낀 위선과 타성에 대한 자기반성, 그리고 가족을 그리워하며 존재론적 고독감을 표현한 시들이 수

록되어 있다. 2부에는 낯선 이국 땅 '동경'에서의 체험과 우수어린 내면 풍경의 시들이, 3부에는 어머니로 집약되는 고향에 대한 기억과 가족 및 친인척을 향한 애틋한 상념들이 표현되어 있다. 4부에는 삶의 여러 현장에서 들여다 본 타인과 죽음에 관한 존재론적 단상의 시들이 채워져 있다.

이번 시집의 맨 앞머리에 실려 있는 「다리」는 고운기의 시에서 핵심 모티프를 이루는 '다리'에 관한 이야기이다. '다리'의 이미지는 이미 그의 앞선 시집에도 여러차례 나타나는데, 그것이 현실의 구체적 건축물로 나타난 경우(「섬강 그늘」의 '섬강 다리' 「지하도 김씨」의 '지하도' 「봄 하늘에 빛나는 별」의 '성산대교' 「성산대교 부근」의 '양화대교' 「남선교 위」의 '남선교' 「할머님 생각」의 '벌교 소화다리' 「고향의 그림자」의 '홍교다리' 등)이거나, 남과 북 사이에 가로놓여 있는 '비무장지대'라는 끊어진 다리의 상징(「북으로 간 김상병」)이거나, 아니면 이승과 저승을 연결하며 화자 스스로가 상상의 다리로 등장하는 경우(「원왕생가」 「생일날」)에도 사정은 크게 달라지지 않는다.

'다리'는 고운기의 시에서 삶의 이쪽(차안)과 저쪽(피안)을 연결해주는 시적 발상의 공간적 컨텍스트 같은 것으로 이해할 수 있다. 이번 시집에서도 역시 '다리'는 여러 곳에 나타난다. 가령, 현실과 은유를 가르는 "보이지 않는 다리"(「은유의 숲」)나, "점심도 먹을 필요 없는 다리"(「영안실 쪽 육교」)처럼 상반된 공간의 경계를 이루는 '다

리'의 이미지는 고운기의 시에서 범상치 않은 의미를 갖
는다. 죽음의 공간으로 넘어가기 위한 마지막 대기소인
'영안실'과 점심을 먹는 삶의 장소인 '식당'은 '육교'를 경
계로 하여 나누어져 있다. 「問喪」에서도, "이승이며 저승
이란 한낱 숨소리 있고 없고 차이"로 인식하는 한에서
'영안실'이란 이승과 저승을 잇는 '다리'를 의미한다. '다
리'의 의식은 「채점」에서 "내 생일은 십이월 하고도 중순
/아니, 내 삶의 십이월 중순쯤"이라는 시간적 개념으로
바뀌어 나타나기도 한다.

　이쪽과 저쪽의 경계에 놓여 있는 잃어버린 시간의 파편
들을 기억이라는 다리를 매개로 복원해내는 의식은, "아
주 오래된 무지개 모양의 다리"(「다리」)를 통해 과거를 반
추하면서 현재의 시간으로 이끌어온다. 이 '다리'는 시인
의 고향인 '벌교'에 구체적 현실로 존재하고 있는 실제의
다리이기도 하면서, 동시에 시인이 현재 살고 있는 세속
도시 '서울'에서의 삶을 훌쩍 뛰어넘어 전설 같은 이야기
를 불러오는 '상상의 다리'로 전환된다. '다리'의 이런 중
의적 의미는 세속 도시에서의 일상적 삶에 침윤된 아우라
의 상실과, 현재는 추억으로만 남아 있어 상상적 복원만
이 가능한 잃어버린 기억의 회복을 꿈꾸는 것으로 겹쳐진
다. 그래서 이 '다리'는 "승복처럼 희미한 이야기가 전해
오는" 전설의 다리이며, '나'를 '지금 이곳'까지 오게 만
든 길의 메타포이기도 하다. 화자는 이 '다리'를 "꿈같이
남의 말같이" 기억하고 찾아갈 때마다 시간적 비전을 거

슬러올라가면서 토포스(topos)로서의 공간적 모습을 상
상적으로 복원해낸다. 시간을 지워버린 '다리'의 토포스
는 화자에게 어머니와 가족과 유년 시절의 추억을 불러오
면서 새로운 공간을 창조하기에 이른다.

> 다리를 건너가면 나는 어린 아이다
> 언제인 듯 마을의 형들이 나타나, 너 아직 남자 아니
> 다, 자기들끼리만
> 개울로 몰려간다
> 형들은, 미역감는 철이면 아이들을 다리로 데려가, 거
> 기서 한번 뛰어내려야 그 날부터 남자로 쳐주었었다
> (…)
> 다리를 건너면 기차역으로 가는 신작로
> 남자들은, 세상의 남자들이 다 그랬기나 했던 것처럼
> 다리를 건너고
> 기차를 타고
> 서울로 갔다
>
> ——「다리」 부분

　여기서 '다리'는 물길을 편하게 건너도록 도와주는 단
순한 축조물이 아니라 "검푸르고 깊은" 유년 시절의 기억
과 고향의 이야기를 밀물처럼 전해주는 공간적 아우라의
이야기로 변한다. 비록 시의 화자가 그 다리를 건너 기차
를 타고 어떤 입신양명을 위해 서울로 올라왔지만, 눈을

감으면 마음은 언제나 "검고 푸른 소식"을 전해주는 고향의 다리를 향해 기차보다 빨리 달려간다. 화자의 성장을 위한 통과제의의 관문이기도 한 다리는 그래서 비록 삶의 세목들은 궁핍했지만 마음은 늘 풍요로웠던 시절의 토포필리아(topophilia)를 간직하고 있는 오래된 마음의 건축물 같은 것이다.

하지만 현실은 언제나 다리 '저쪽(피안)'만 생각할 수 없게 만든다. 세속의 문법에 순응해야 하는 다리 '이쪽(차안)'의 삶이란 어쩔 수 없이 위선과 이율배반의 마스크를 쓰지 않고서는 살기 힘든 신산한 과정의 연속일 뿐이다. '이쪽'에서 요령 있게 살아가기 위해서는 그 거리의 문법에 싫든 좋든 육체와 정신을 순응시켜야 하는 배리(背理)의 체험을 동반한다.

3

'이쪽'의 공간에서 자신의 삶을 뒤돌아보며 성찰하는 자아는 언제나 고운기 시의 중요한 계기를 이룬다. 시인이란 늘 세계를 지배하는 구심성의 권력과 윤리에 유착하지 못하고 반역적 소명을 지닌 채 살아가는 존재이면서도, 많은 경우 그들은 그 투쟁의 앞자리에 나서지 못하고 뒤편의 가장자리에 머물러 응시하는 '변방'의 존재이기 쉽다. 고운기 시의 화자는 그런 자신의 내면을 늘 부끄러워하면서 아파한다. 그래서 그는 이미 「피뢰침」(『밀물드는

가을 저녁 무렵』) 같은 시에서, "땅 속 깊이 뿌리박아 두고/
뜨거운 전류를 한몸에 받아내리는/피뢰침"처럼 "이 황량
한 시대의/비내리는 저 꼭대기에 홀로 서/벼락을 맞고 있
는 사람"을 몹시 그리워한다. 그러나 윤동주가 '십자가'
를 바라보며 높은 곳까지 올라가지 못하는 자신을 부끄러
워했듯이, 시의 화자는 피뢰침이 되지 못하고 그 보호 아
래에서 살아가는 자신을 혹독하게 꾸짖는다. 일견 고운기
시의 이런 반성적 자아는 이미 『섬강 그늘』에서도 나타나
있듯이, "그림자 밟아 오듯 시대를 좇아/나는 부끄럽게
살아 남았네"(「헌 잡지」)라고 탄식하거나, "쓸쓸한 자유인
/잘못 조준하여 이 땅에 떨어진/외로운 별 하나"(「전야」)
로 자신을 규정하기도 한다. 일상의 문법에서 벗어나 자
유로운 의지로 삶을 살아가기 어려운 자신의 내면 풍경을
그는 다음과 같은 시에서 이렇게 자조적으로 토로한다.

　　그러나 이율 배반이다
　　나는 무리의 자식일 뿐이었다
　　학교라는 조직에 들어 넥타이 매고 출근하고, 학회에
　가입하고, 문단에 나가고, 동인을 만들고 게다가 없던
　모임마저 새로 만드는 데 동참하고, 나는 거기서 먹이
　를 얻고 정체성을 확인한다. 그러면서도 귀찮다니, 혼
　자인 게 좋다니, 떠드는 건 아무래도 얄팍한 뒤집기다
　　　　　　　　　　(…)
　　계단을 오르며

이미 구수하지 않은 밥 냄새를 뒤로 하며
나는 반성한다,
졸 때 혼자인 것처럼
죽을 때 혼자인 것처럼
혼자서
혼자서.
──「무소의 뿔처럼 혼자서 졸아라」 부분

　사회적 존재로서 세상의 문법을 벗어나기 어려운 대부분의 사람들은 현실에 걸맞은 삶의 문법을 몸에 익혀 타인들과 어울려 살아가야 할 숙명을 짊어지고 있다. 하지만 욕망의 충돌을 자제하며 조화롭게 살아가는 삶의 지혜와는 무관하게 지연과 학연과 혈연의 무리를 지어 울타리를 치고, 그 울타리 안의 동류들끼리 먹이를 나누어 먹는 사회에서 혼자인 게 좋다고 외치는 건 아무래도 허위로 보일 수 있다. 문학의 생리란 혹은 시의 힘이란 본래 자유로운 정신과 고독한 실존에서 발아하는 순연한 내면의 정신을 에너지로 삼고 있는데, '무리'에서 벗어나지 못하고 "무리의 자식"으로 닮아가는 한에서 자유로운 사유와 진정한 문학 행위는 위축될 수밖에 없다. 그래서 시의 화자는 "시를 쓰면서도 시는 쓰지 않고 시 썼다"(「手話를 하지 않는 수화 시간」)고 말해야 하는 자조적인 상황에 이르게 된다. 그런 현실의 문법을 따르며 "먹이를 얻고 정체성을 확인"하는 화자의 "혼자라는 희망"은 아무래도 "얄팍한 뒤집기”일 뿐이기 쉽다. 직장의 점심시간에, 화자가 “선배인 그들과 보조를 맞추기 위해/신병훈련소 식사 때보다 더 빨리 수저를 움직여야 한다”(「무소의 뿔처럼 혼자서 졸아라」)고 말하는 논리도 따지고 보면 이쪽의 현실적 문법을 따라야 하는 데서 나오는 이율 배반의 씁쓸한 행위인 셈이다. 같은 맥락에서 화자는 “밥 먹으며 눈치/술 마시며 눈치/고민하면서도 눈치/사랑하며 눈치”(「눈치 II장」)를 보는 자신의 자괴감을 드러내면서 “죽음마저 눈치?”라는 농스러운 말을 슬쩍 건네고 있다.

시인이란 늘 허위와 위선을 교환하는 이 거리의 타락한 문법에 저항하며 탈주하기 위한 언어의 날개(시)를 만들어야 하는 존재이지만, 화자인 시인은 그러지 못하는 자신의 처지를 뒤돌아보며 “졸 때 혼자인 것처럼/죽을 때 혼자인 것처럼” ‘혼자’의 상황을 회복하고자 한다. 여기서 ‘혼자’라는 것은 무리의 문법에서 소외를 자청하여 이탈함으로써 존재의 의미를 되묻고 다시 견결한 시의 혼을 불러들이겠다는 의지의 천명을 의미한다. 더 나아가 그것은 제대로 된 “사람 노릇”(「사람 노릇이라는 명상」)을 하겠다는 다짐으로 확장되기도 한다. 이런 진술은 물론 일차적으로 시인의 어떤 개인적 사정에서 연유한 ‘얄팍한 뒤집기’나 ‘이율 배반’의 태도를 반성하는 것으로 이해할 수 있다. 다시 말해 자신과의 약속이나 타인과의 관계에서 심지가 부족한 스스로를 타이르며 좀더 오롯한 삶과 시의 갱신을 설계하겠다는 시인 자신의 또다른 의지 표명인 것이다.

　　그렇다면 ‘혼자’ 떳떳하고 당당하게 사는 삶이란 어떤 삶인가? 시의 화자도 여기에 대해서는 명확한 대답을 하고 있지 않다. 하지만 시의 문맥을 통해 유추해낸다면 혼자란 더욱 철저하게 고독해지는 것으로 생각할 수 있다. 다른 영역의 삶보다 존재의 실존을 끊임없이 심문하는 문학에서 고독의 내면화는 행동의 실천 못지 않게 긴요한 목록이 아닐 수 없다. 그런 점에서 말처럼 쉽진 않겠지만 글 쓰는 일에 종사하는 사람들이라면 고독을 견디면서 내면의 정신을 제련해내는 과정이 필요하다. 혼자의 힘으로는 감당할 수 없어 대중 속으로 뛰어드는 사람들과는 달리 고독을 고독으로 견디는 자기수행의 과정이야말로 굳이 선(禪)의 경지까지는 아니어도 엄밀한 의미에서 시가 지향하는 정신의 프로젝트가 아닐까? 고독을 온몸으로 껴안는 행위는 보들레르가 “혼자 있을 줄 모르는 이 큰 불행”(『파리의 우울』)이라고 인용한 말의 의미를 되새겨보는 데서 다시 출발한다. 이 점에서 모든 불행이 방에 홀로 남아 있지 못하는 조바심에서 나온다고 빠스깔을 인용하며 고독의 의미를 강조한 보들레르의 진술은 깊이 음미해볼 만하다. 이런 맥락에서 이번 시집에 수록된 고운기의 일련의 ‘東京詩篇’들은 고독한 자아의 초상과 함께, 고국을 떠나 낯선 타국에 거주하면서 언제 돌아갈지 기약할 수 없는 사정과 그리움의 정서를 내면화한 화자의 심정을 잘 보여준다.

가을이 오고 맑은 날이 잦아지면서
저물 무렵 산책이 습관처럼 밴다
거리에 나서서 지는 해를 따라 서쪽으로 간다
그곳은 내 고향
떠나온 자는 하루가 바쁘지만
한주일이 더디고 한달은 가지 않고
돌아가마 약속한 날짜는 오지 않을 것 같다
(…)
까마귀는 이 땅의 무엇이 좋아
저리도 많이 퍼졌을까
나는 깃들일 처마 하나 없고
끈끈한 습기를 몰아 소리 없이 안개비 내리는데
소리 없이 가을은 가는데
고향에서는
주인 잃은 등불 하나 반짝이려나.

──「서쪽으로의 산보」 부분

　혼자 낯선 곳에 장시간 체류해본 사람이라면 알 수 있
듯이, 그곳에서 느끼는 객수(客愁)와 고독감이란 여간 참
기 힘든 게 아니다. 금세 전화통이라도 붙들고 익숙한 곳
에 있는 사람과 대화를 나누어야만 홀로 떨어져 있지 않
다는 안도감을 얻게 된다. 그럼에도 낯선 곳에서 외부와
일체 연락을 끊고 홀로 침잠할 때 생기는 고독이야말로
단식을 통해 육체를 비우듯이 삶의 온갖 이해득실과 아귀

108

다툼으로 피폐해진 정신으로부터 벗어나 순연한 상태에 침잠할 수 있는 자유의 무한한 계기를 생성해내는 에너지이다. 그래서 일상의 시간으로부터 멀리 벗어나 고독을 능동적으로 수용하며 자기화하는 상태가 진정으로 고독과 대면하는 순간일 것이다. 이때 비로소 자기를 뒤돌아보며 세계를 포용하는 여유가 생기며, 고독의 사상을 자기의 육체로 간직하는 정신의 오르가슴을 체험하게 된다.

「서쪽으로의 산보」는 어느 가을 저물 무렵 서쪽의 고향을 생각하며 당분간 돌아갈 기약이 없는 자신의 처지를 돌아보고 있는 시이다. 여기서 시의 화자는 연못의 '나무다리' 위에 서서 작은 잉어 한 마리가 노니는 모습을 보고 고향의 '식구'를 연상해낸다. 가족을 떠나 먼곳에 홀로 떨어져 있는 가장인 자신과 잉어 가족(?)을 오버랩시켜보기도 한다. 당연하게도 먹을 것을 주지 못한 어린 잉어에게서 화자는 아이의 모습을 연상해낸 것이리라. 또한 까마귀를 보면서 자신을 "깃들일 처마 하나 없"는 처지에 투사시키고, '주인 잃은 고향의 등불'을 상기해낸다. 가족과 고향을 떠나 장기간 낯설고 물 설은 곳에 체류해야 하는 고독한 자의 실루엣이 마치 두보(杜甫) 시의 어느 한 구절을 보는 듯 사뭇 절절하기만 하다.

4

고운기의 시에서 그리움이 지향하는 대상은 '벌교' 연

작에 보이듯이 시인의 유년 시절에 포섭된 고향에 대한 기억 속에서, '어머니'를 동심원으로 펼쳐지는 궁핍한 삶의 여러 편린들로 형상화된다. 특히 '어머니'로 환기되는 깊은 그리움은 그의 시 전편을 통해 시적 상상력의 수원(水源)을 이루는 핵심 정서로 나타난다. 이를테면『섬강 그늘』에 수록된「장마」「빈손」「북두칠성」「어머니」「쓸쓸한 날에」같은 시들에는 어머니에 대한 그리움과 연민의 시선이 사뭇 절절한 심정으로 토로되어 있다. 시의 화자는 "임자년 저 물난리 나던 여름/말간 수제비로 끼니를 잇고/돈 벌러 먼 마을로 보따리 이고 나간/어머니"(「할머님 생각」)에게 "나는 한주먹/어머니의 꿈이라도 되리라고"(「빈손」) 다짐하기도 한다.

고운기의 시에서 어머니의 이미지는 서럽고 그리운 정서로 채색되어 있다. 아버지가 부재하는 틈을 채우면서 시인의 심적 지향을 지탱해주는 존재가 어머니이다. 이를테면 "뒷산에 우는 밤새"가 칠흑같이 어두운 "칠월 그믐밤" 어머니를 애타게 기다리는 화자의 소식을 전해주어 어머니가 "운동화 한켤레"를 사가지고 무사히 귀가하기를 바라는「북두칠성」(『섬강 그늘』)은 고운기 시의 그리움이 터잡고 있는 정조의 거처를 가장 원형적으로 보여준다.『섬강 그늘』에 편재하는 그리움의 정서는 "그리운 사람아/끝내 채울 수 없는 것도 있더라"(「빈산」)고 말하거나, "오랫동안 가슴에 앓았던/그리움만으로 세월을 지키기가/이제는 벅차구나"(「남선교 위」)라며 심정을 토로하는 경우에도 어머니를 향한 그리움의 정조는 크게 변하지 않고 고운기의 시를 저류하며 이번 시집에까지 이어지고 있다.

『나는 이 거리의 문법을 모른다』에 수록된 「모국어」 「어머니 김치」「편지」「쑥 캐는 봄날」「구름의 이동 속도」 같은 시에서도 어머니와 관련된 시인의 깊은 그리움은 마르지 않고 있다. 아버지에게 보내는 편지를 시인에게 대필하게 한 어머니는 "천부적인 사투리의 여왕"(「모국어」) 이며, 한스럽고 신산한 삶을 인종하며 "등 돌리고 피우는 엄마의 담배연기"(「편지」)를 통해 기억되는 존재로 육화되기도 한다. 나아가 가난하고 고생스러웠던 시절의 보편적 어머니 상(像)에 덧붙여 그의 개인적 체험을 강하게 환기시키는 어머니는 "홀로 가는 어머니의 그림자"(「쑥 캐는 봄날」)이거나, 멀리 떨어져 있는 자식의 안위를 걱정하며 "홋까이도 지진 소식에도 마음 졸이"(「구름의 이동 속도」)는 존재로 이어진다. 요컨대 화자에게 어머니는 그리움의 원천이자 시의 자궁이며 안위를 지켜주는 마음의 등불 같은 존재로 늘 남아 있다.

시인의 이런 심정은 「겨울 옷」과 「골목길, 자전거를 탄 여자」에서도 이어진다. 항공편으로 고국에서 보내온 '겨울 옷'을 바라보면서 화자는, "색깔이 바랜 자리에 그리움이 들어서 있고/실밥이 풀어진 자리에 슬픔이 대신 매어 있다"(「겨울 옷」)고 토로한다. 자전거에 저녁 찬거리를 싣고 돌아가는 어떤 여자 집 앞의 "현관마다 걸린 외등에 불이 켜지고"(「골목길, 자전거를 탄 여자」) 나자 화자에게도 저녁 무렵 고국의 집 생각이 와락 밀려들면서, 그 고독감은 외등의 밝기만큼이나 증폭된다. 「구름의 이동 속도」에서는 화자 자신의 살아온 날들을 돌아보며 "먼 마을에 와서 살아보니/구름도 흘러가는 속도가 달랐다"고 느끼고, 늙으신 어머니가 만들어준 반찬을 생각하며 그리움의 '눈물'을 흘리기도 한다. 하지만 화자의 이런 슬픔은 신파조의 최루성 '눈물'이 뿜어내는 상투적 진부함만을 의미하는 것이 아니라 감정을 절제한 후 냉정하게 현재의 자리로 돌아와 차분한 심정으로 자신을 성찰하는 계기가 된다. 시집의 표제인 '나는 이 거리의 문법을 모른다'는 구절이 들어 있는 「三田」를 보자.(三田은 '미타'라고 읽으며, 고운기가 체재하는 게이오대학이 있는 동네 이름이다.)

나는 평면, 지도에서 익힌 거리였다
높이를 알려주지 않는 정보원을 둔 게 잘못이었다

저장한 가따까나 몇마리가 머릿속 어디서 길을 잃고
느린 속도로 번역되어 다가오는
어긋나게 내 옆을 지나가는 풍경이 있었다

새로 거기 나를 그려 넣어야 했나, 넣었나?
나는 아직 이 거리의 문법을 모른다

난바다 가까운 마을에는 바람이 늘 제집처럼 드나들고

땅거미가 찾아올 때쯤 밭고랑 같은 골목길에
돌아가라 돌아가라
어김없는 하오의 사이렌이 울었다.

—「三田」 전문

　지도에서 본 것과 다르게 거리도 익숙지 않고 말도 통하지 않는 낯선 '三田'의 풍경은 화자의 눈에 어긋나게만 보일 뿐이다. 이방인으로서 그곳의 거리 풍경과 언어에 편입될 수 없는 생활이란 얼마나 당혹스러운 일인가. 그래서 화자는 '三田'의 거리에서 "길을 잃고" "번역되어 다가오는" 것 같은 이질감을 느낀다. 이 점은 '스가모 전철역 계단'(「貧村, 스가모」)에서 김치를 팔고 있는 초로의 동포 아주머니를 보고도 어떤 친근함보다 낯설게 느끼는 심정과 동일하다. 그렇다면 무엇이 화자로 하여금 그 거리를 그토록 "번역되어 다가오는" 곳이거나 "어긋나게 내 옆을 지나가는 풍경"으로 느끼게 만든 것일까? 그것은 화자가 그 '거리의 문법'을 모른다고 말하는 데 함축되어 있다. 그런 심정은 일차적으로 화자가 처해 있는 낯선 이국의 거리 풍경과 언어로부터 나오는 것이다. 더 나아가 그것은 문법적 질서가 흐트러진 비문(非文)의 거리에서 발생하는 삶의 현상을 두루 일컫는 의미로 확장시켜 이해할 수 있다.
　그렇다면 거리의 문법을 모르는 그곳에서 화자는 무엇

을 어떻게 해야 할 것인가. 어색한 번역문 같은 그 자리를 털고 일어나 "난바다 가까운 마을" "밭고랑 같은 골목길"로 다시 돌아가야만 하는가. 하지만 화자는 이정표 없는 거리에서 방향감각을 찾지 못한 채 아직 서성거리고만 있을 뿐이다. 다른 시에서, "길을 잃고"(「지난 겨울」) 있다는 자신의 존재 좌표를 말한 것이나, "거기 어디서 길을 잃었었지"(「안개와 절」)라고 묻는 장면도 「三田」의 상황과 같이 그의 실존적 주소가 어디에 있는지를 상기시켜준다. "돌아가라 돌아가라" 하고 "하오의 사이렌" 소리는 시의 화자를 재촉하고 있지만, 그는 '三田'의 지도 속에 자신의 위치를 그려넣지 않으면 안된다. 그 길을 찾기 위해서라도 시의 화자는 이제 그 '거리의 문법'을 스스로 찾아 나서야만 한다. '막다른 길'이거나 엉뚱한 '외갈래 길'로 더 이상 들어가서도 곤란하다. 또 시인은 그 거리의 문법을 익혀 혼자 힘으로 목적지를 찾아가야만 한다. 그런 의미에서 나는 이 구절을 이렇게 읽고 싶다. 가령 「말 이야기」 같은 시에서, 어미말에게서 망아지를 모질게 떼어놓는 장면을 이야기하며 어린 자식과 헤어져 타국에 온 자신의 처지를 상상적으로 연결시키고 있듯이, 냉혹한 삶의 무한 경주에서 뒤떨어지지 않도록 스스로를 채근하고 단련시켜야겠다는 자기 다짐의 역설적 진술로 그 구절을 받아들인다. 그것만이 그 거리의 문법에 적응하면서, 그리고 때로는 스스로 새로운 문법을 만들어가면서 살아갈 수 있는 한가지 방도이기 때문이다.

5

　나는 고운기의 이번 시집 『나는 이 거리의 문법을 모른다』에서 낮지만 견결한 시적 성찰의 목소리를 듣는다. 그의 시에 일관되게 나타나는 그리움의 거처나, 삶에 관한 견결한 성찰의 태도는 전통적 율격의 시적 어조를 바탕으로 각별한 울림을 주고 있다. 그리고 일련의 '東京詩篇'을 통해 밖에서 자신의 내면을 들여다보며 지나온 반생(半生)을 차분히 정리하고 있다는 점에서 고운기의 이번 시집은 그의 시적 편력에 대한 하나의 중간 결산이라고 해도 좋을 듯하다. 요컨대 사소한 것에서 사소하지 않음을 발견하는 시안(詩眼)을 가지고, 물질적 풍요를 구가하는 시대에도 시인은 '피뢰침'처럼 시대의 정신적 궁핍을 감지해야 하는 소명을 가지고 있어야 한다는 그의 시에 대한 입장을 나는 이번 시집의 여러 편에서 읽는다.

　그러나 굳이 한가지 덧붙여 말한다면, 그의 시가 조금만 더 '불온한' 시선을 통해 세상의 사물과 현상을 보아주었으면 하는 기대를 이 기회에 가져본다. 그때 고운기의 시는 지금까지와는 또다른 시적 세계를 일구어낼 수 있을 것으로 생각한다. 오랜만에 출간하는 고운기의 시집 『나는 이 거리의 문법을 모른다』에 축하를 보내며, 그가 귀국하면 마음을 펼쳐놓고 함께 회포를 풀고 싶다.

시인의 말

  이께부꾸로(池袋)에 있는 릿꾜오(立敎)대학 가까운
곳으로 방을 옮긴 것은 지난 4월 초였다. 릿꾜오는 윤동
주가 잠시 머물렀던 곳, 그가 이 학교를 다니기 시작한
달도, 그래서 여기 어디쯤 여섯 첩 다다미방 하숙을 정
한 달도 꼭 59년 전 4월이었다.
  내 방 또한 여섯 첩 다다미다. 유난히 비가 자주 내린
이 봄 내내 습기는 온몸을 덮었지만, 창밖에 밤비가 속
살거린다고 쓴 그의 구절에 실감하고, 막차로 돌아오는
사람들 때문에 골목길은 잠시 수런거리는데, 나는 그들
의 물 묻은 발자국 소리를 들으며 쓴 몇편의 시와 함께
잠들곤 했다.
  동주가 59년 전 「사랑스런 추억」을 쓴 5월 13일도, 「쉽
게 씌어진 시」를 쓴 6월 3일도 올해는 일요일이었다. 나
는 담쟁이덩굴이 우거져 올라간 릿꾜오의 채플 앞에서,
일찍이 시인으로서의 운명에 내 몸을 맡기게 했던 그의
흰 그림자와 놀았다. 식민지의 아들이 아닌 나는 그나마
행복하다고, 그런데도 쓸쓸키야 말라는 법은 없는 것 같
다고, 나는 그림자에게 말해주었다.
  내 이름자만큼이나 곱게 살 것은 못되는 세상, 나는

첫 시집에 그렇게 쓴 적이 있다. 그런 줄 알면서도 어찌
하지 못하고 살아온 것은 내 천성이 시키는 바라 여기고
체념한다. 다만 이 시집 한권이, 더러 길 가다 넘어진
사람 만나거든 내 상처 또한 이렇다는, 상처야 아물게
마련이고 되도록 다시 상처 입지는 말자고, 데면데면커
니와 너무 칼칼하지 않은 비손이기를.

　오래도록 창비시선의 식구가 되기를 바라왔었다. 뒤
늦게 찾아온 손을 넉넉히 받아준 창작과비평사에 감사
한다. 어려울 때 큰 힘이었던 金秀男 선생께서 이번에
사진까지 얹어주셨다. 마음 깊이 감사드린다.

2001. 7.
토오꾜오에서 고운기

창비시선 208

나는 이 거리의 문법을 모른다

초판 1쇄 발행 / 2001년 7월 20일
초판 2쇄 발행 / 2012년 2월 16일

지은이 / 고운기
펴낸이 / 강일우
책임편집 / 고형렬 염종선 박신규
펴낸곳 / (주)창비
등록 / 1986년 8월 5일 제85호
주소 / 413-120 경기도 파주시 회동길 184
전화 / 031-955-3333
팩시밀리 / 영업 031-955-3399 · 편집 031-955-3400
홈페이지 / www.changbi.com
전자우편 / literat@changbi.com

ⓒ 고운기 2001
ISBN 978-89-364-2208-0 03810

* 이 책 내용의 전부 또는 일부를 재사용하려면
  반드시 저작권자와 창비 양측의 동의를 받아야 합니다.
* 책값은 뒤표지에 표시되어 있습니다.